おばさんのひとりごと

桜井真理子
Mariko Sakurai

文芸社

――俵万智さんの短歌より（『サラダ記念日』河出書房新社）

「寒いね」と
話しかければ
「寒いね」と
答える人の
いるあたたかさ

――二十八年後の短歌

「寒いね」と
話しかければ
「冬だもの
当たり前だ」と
言う夫の冷たさ

前頁の俵万智さんの短歌を読んだとき、「う〜ん。二十八年前はこうだったなぁ」とつくづくと月日の流れを感じると共に、二十八年間夫婦を続けられたという事実に、自分自身と夫に対して表彰状でも送りたいような気持ちになりました。

そんなことをつらつらと考えていたら、新聞に厚生省が発表した「一九九八年人口動態統計」によると離婚件数が二四万三千組にのぼり、過去最高を記録し、とりわけ結婚二十年以上の「熟年夫婦」の離婚の増加率が一三％と世代別では最も高く、子育てを終え、一緒にいる意味を失ったということだろうかという記事が出ていました。

確かに、私達夫婦の周りでも不協和音を奏でている夫婦が増えつつあります。二十八年前は一緒にいるだけでうれしくて、楽しくてヒーターもいらないほどだったはずなのに（はずなのにということは、その頃の記憶がほとんどない……ということなのでしょうか……）今ではしっかりとババシャツを着込み、ヒーターの前を占領しながらブチブチ文句を言っている己の姿に少々自己嫌悪に陥っている今日この頃です。

縁あって巡り合い、夫婦になり家庭を築いた二人がどこかでボタンを掛け違えてチグハグのままの洋服を着ることが耐えられなくなり、脱ぎ捨ててしまうのでしょうが、それはそれで一度きりの人生を我慢して生きることはないので、選択に誤りがなければ、私は大賛成です。

ただ、これから結婚する若い二人には、そういう悲しい結末にならないようにしっかりと話し合い、お互いの価値観や人生観のなるべく似た人を選んでほしいと、つくづくと思うのです。

二十八年後のこの短歌のようにならないように、初心忘れるべからず……でいけたらいいですね。

スーツ着て
マニキュア塗って
ヒール履き
今日一日は
母を休む日

これは娘達からのクリスマスプレゼントで、主人と二人でディナー付きのナイトクルーズに出かけたときの首です。日頃、そんな華やかな世界と無縁の私は、まず着ていく服が悩みの種になりました。一晩きりなのだから、買うのはもったいないし、クローゼットの中は見慣れた服ばかり。娘達と相談しながら「ああでもないこうでもない」と半日潰れてしまう始末でした。

やっと服が決まり、アクセサリーが決まり、マニキュアを塗って、普段より少々濃い目の化粧をして、いつもより背スジを伸ばし、自分では〝松嶋菜々子〟と言わないまでも、かなり〝イイ女〟のつもり（つもりはあくまでもつもりなので、なるべく鏡は見ないことにいたしましょう）で今日一日は嫁の立場も、母の立場も「本日の業務は終了致しました。御用の方は明日、おかけなおしください」ということにいたしましょう。

さて、自分は目一杯めかし込んで、ふと横を見ると、モッサリとしたいつも通りの主人が「僕、何着ればいいの？」「おっと、忘れておりました。ハイ、ゴメンナサイ。このワイシャツと、この背広、コートはこれ」と自分のときとは大違いで、あっという間に一丁出来あがり。

「ごゆっくり！」という母や娘の声を背に、一生に一度かもしれないディナークルーズへと出かけたのであります。それにしても、暗くなったら外へも出ない生活になれきった身体には、師走の海風はなんとも冷たいものでした。東京生まれの東京育ちのはずなのに、地理にほとんど不案内な私は、主人とはぐれまいと必死で周りの景色など見る暇もないうちに、気が付いたら船上の人となって、暗い東京湾内の二時間クルーズに出発進行と相成っておりました。周りを見回すと、若いカップルの多い中に私達と同年代の御夫婦らしき二人連れがチラホラと混じっていて、私達と同様、慣れぬイベントに戸惑いながらも、なかなか素敵なムードでありました。

大家族の中で慌ただしく過ごす日々の中で、主人とゆっくり会話をしたのはいつだっただろうかと考えたら、思い出せないくらい前だったような気がします。でもその夜は、こんなにのんびりとした優雅な一時をプレゼントしてくれた二人の娘達と、気持ちよく送り出してくれた母達に感謝しながら、三十年近い結婚生活を何の波乱もなく、無事に乗り切れた二人に乾杯して「これからもよろしくね」と心の中でつぶやきました。

東京湾から見る夜景と、岸で打ち上げられる花火に見入っている私に、主人がそっとつぶやいた言葉。「なんか、食事物足りなくなかった？　帰りに寿司でもつまんで行かない？」あーあ、幻滅！　なんでこんなにデリカシーのない人と結婚しちゃったんだろう。でも仕方ないので、渋々、寿司屋に付き合ってトロとウニとアワビ、エトセトラ、エトセトラ……。高い物だけ選んで、しっかり食べて家路につきました。

なんのかの
理由つけては
酒を飲む
去年と同じ
年の始まり

突然ですが、バラクーダの「日本全国酒飲み音頭」という歌をご存知でしょうか？もし知っているとしたら、あなたは結構大酒飲みではないでしょうか？　曲の内容は「一月は正月で酒が飲めるぞ。酒が飲める。酒が飲める。酒が飲めるぞ」と歌いながら、なんのかのと訳の判らない理由を付けて十二ヵ月酒を飲むという内容です。これを聞いたとき、まさしく我が家の亭主殿の歌だとホロ苦く笑えました。

三十年近く酒飲みの女房をしてきて、今さらこんな愚痴を言ってみても始まらないけれど、飲み続けた酒代を計算したら、どれくらいになっているのだろうかと機嫌のあまり良くない日には、電卓を叩きたくなる心境です。

結婚したての頃、主人の友人は大多数が独身でしたので、日曜日は決まって我が家を居酒屋代わりに集まってきては、酒という酒を（果実酒に至るまで）飲み干していくという有様でした。女房としては、上等なウィスキーの瓶に安いウィスキーを詰め替えて、何食わぬ顔をして出しておくのですが、結果的には、酒飲みは酒が飲めれば何でも良いのだという結論に至りました。

最近では年のせいか、だいぶ酒量も減ってはきたものの、酒飲みの家には酒飲みが集まってくるもので、なんのかのと理由を付けては「やあやあ。どうも、どうも」の第一声と共に、夜中まで飲み続けるのです。

この「どうも、どうも」という言葉は男の人達にとって、誠に都合のよいものであるらしく、一ヵ月会わないでの再会でも、一週間前に一升瓶を飲み干したばかりでも、この意味不明の一言から飲みかつ食べ、飲みかつ口角泡を飛ばしながらの大宴会へとなだれ込むのです。

私にとってこの意味不明の「どうも」という言葉を辞書で調べてみました。多分、主人達が使っているのはこれだろうというものが見つかりました。『「ありがとう」「すみません」などの挨拶の言葉の上に付けて、その気持ちを強める言葉』というものです。

私は主人と友人との会話を聞いていると、つくづく男の人達というのは語彙《ごい》が少ないなと感じます。例えば「寒いですね」という会話一つにしても、主婦同士の会話だとその一つから、例えば洗濯物を干していて手がかじかむくらいだったとか、自転車に乗っていたら耳がちぎれそうに痛かった……とかその寒さが想像がつくような話に進むのに、男同士だと「寒いですね」の一言で終わってしまうことが多いのです。それが酒が一滴でも入ったあかつきには、競馬の話、釣りの話、政治・経済の話と尽きることを知らず、夜が更けて飲み疲れて、眠るまで飲むのです。

そして、ジャーン！　もう一つ、私の口元がニマニマするようなことが、この「どうも」という言葉に似た言葉の項目に書いてあったのです。それは『なんとも。いやはや』というものです。ヤッタネ！　私の知識欲を甘く見るなよ。

大イビキでしまりなく眠る主人を叩き起こし、ベッドへと追いやり、流しの洗い物の山を前に「なんとも。いやはや」とつぶやきながら、今日も一日暮れました。

本命も
義理チョコも無き
おじさんは
古女房のチョコ
ほろ苦く食べ

何年か前まで主人も結構、バレンタインデーには義理チョコを貰って来たので、妻としてはホワイトデーにお返しをするべく心していたものですが、このところ一つも持って帰ってこないので、なるべくその話題に触れないようにするのも、そっとテーブルの上にちょっと上等なチョコを置いておくのも古女房の才覚というもので、ホワイトデーをくれぐれもお忘れなきように……と心の中でつぶやいています。

結婚生活二十八年もはるかに過ぎると、身体的には双方昔とは大違いで、髪型、洋服など全てにルーズになるのは無理ないことだとは思うけれど、せめて精神的には二十八年の重みが感じられる夫婦でありたいなと思うのです。具体的にどんな重みなのか、この際私なりに考えて、近い将来の老後に完成度の高い老人になっていようと密かに思います。

姑のトイレに〝気は長く、心は丸く、口慎めば命長らえる〟という人生訓が貼ってあります。でも、訳の判らない政治、先の希望が見えない経済、街を歩けばガングロ・白髪・上げ底ブーツの女の子。おまけに理解不能の宗教や殺人事件の多発する世紀末にムカつき、憤っている私にはこの人生訓は役に立たないような気がします。

だから、他人から立派な夫婦などと言われなくても、人生の最後に「結婚して良かったね」とお互いに言い合えるような二人であろうと思います。それにはまず、思いやりを持ち合うこと。例えば、お客様が帰るまでは亭主関白でも、帰った後は「お疲れ様。ありがとう」と後片付けをすること。そして、お互いに誠実を旨とすること。例えば、浮気はいけません。そして最後に、お互いに健康に留意して、少しでも長く一緒にいられて、阿吽の呼吸とはこういうものだということを娘達に見せてあげましょう。

私はさだまさしの「関白宣言」という歌が好きです。一人の男性が嫁を貰う前に〝言って置きたいことがある〟と切々と相手に言って聞かせるものですが、現代の女性には、プロポーズにそんなことを言おうものなら「冗談じゃない。他を探してください」とにべもない返事が返ってきて、あえなく破談となるでしょうね。

でも、いつの世も男性はきっと「はい。わかりました。きっと良い妻になります」と言ってくれる女性を求めてやまないことでしょう。一生探し続けても無理なことはわかっていながら。とにかくどちらかが〝天下〟というのは、あまり良くないような気がするので、夫婦が対等な立場で物を言い合える関係でありたいと思います。そして、人生の最後は「あなたで良かった」と言い合いたいですね。

古女房のチョコもなかなか捨てがたいでしょ？

母の字に
濁点つけて
ババになる
名実共に
カカア天下なり

以前、書いた首に「我が夫　妻の掌《ひら》にて　遊びしが　ときどき落ちて　拾い上げたり」というものがあります。こういう愚痴めいた句を書きたくなるような瞬間って、妻であれば誰でもが、何度も経験しているはずではないでしょうか。

「男は外に七人の敵あり」とかなんとか言って、精一杯肩肘張って仕事をしているのでしょうが、家に一歩足を踏み入れたとたんに、たちの悪い子供返りをした、ただの〝おじさん〟と化して、洋服を脱ぎ散らかし「メシ・フロ・ネル」を地でいくようなワンマンぶりを発揮するに至っては、私もマジギレして、このままではいけないと「亭主改造計画」を宣言しました。

一、妻は妻であり、お手伝いさんではない。

二、自分で出来ることはなるべく、自分でする。

三、「食わしてやっている」などという気持ちは持たぬこと。

四、親孝行すること。

そして、最後に最も言いたいこと。

五、妻も一年、一年、年齢を取っていくということを実感として感じ取って、いたわりを持つこと。

以上。

五箇条の御誓文のごとく、よ～く胸に刻み込んでおいてほしいと思います。とにかく、妻は無給のお手伝いさんではないので、忙しく働いているときは、コタツにもぐり込んで競馬放送を見ながら「オ～イ、お茶」などと言わず「幸せにするよ」と嫁にもらったのだから、財布はしっかり私に任せ、普段は私をおしゃべり相手にしている母の、私には言っていない本音を聞いてあげる耳を持ち、日一日と老いていく妻に対して「たまには温泉にでも行って、骨休めしておいで」と優しい一言でも言ってごらんになったら。

そうしたら、単純な妻は途端に、御機嫌が良くなって「安心して！　あなたの死に水は必ずや、私が取りますから」ということになるのです。でも、私がこんなことばかり言っているので、娘達は事の本質を正しく見ずに「ウチは絶対カカア天下だ」と信じて疑わないようなので、くれぐれも外で言わないように願うばかりです。

とにかく「父」という字も、濁点をつければ「ヂヂ」になるのですから「父」と「母」から「ヂヂ」と「ババ」になるまで、これからも末永く仲良く、手をたずさえて老いていきましょうね。

しみじみと
夫の寝顔
ながめては
月日の流れ
諸行無常

『光陰矢のごとし』とは本当だなと、この年齢になるとつくづくと思います。結婚して早、三十年近く経ち、夫婦共々、髪に白いものが目立ち始め、母達は確実に老いの道を歩み続け、娘二人も一人は嫁ぎ、一人は自分の進むべき道を模索し始めました。『諸行無常』とは、辞書で引くと『全ての物事は移り変わり、同じ状態に留まることはない』と出ていました。若い頃は、自分が老いていくと実感することもあまりなく、ただ子供が入学する節目ごとに「大きくなったなぁ」と、感慨にふけるぐらいのものでした。〝若さ〟とは、若者だけの特権だという、おごり高ぶった気持ちも多分にあったことは否めないと思うのです。でも確実に、月日は流れ、確実に家族それぞれが変わっていく事実の前に、本当に『諸行無常』だな、と思い至ります。

私達夫婦も近づく老後を見据え、岐路に立っている今、各々の人生の集大成と言えるこれからを、じっくりと考える時期に来ていることは確かです。先祖代々、続いている仕事を継いだ主人には、定年というものがありません。義父も、病に倒れるまで仕事を続けていました。でも私は、一度きりの人生を、どこかで定年という線引きをしてほしいと思っています。そして、気力・体力のあるうちに、好きなときに好きなことを思いきりしてほしいと思います。幸い、主人は趣味の多い人です。木工も本職はだしになってきて、近々「男達の手仕事展」という展示会に出品することになり、それに向けて張り切り出しました。三月には、大好きな渓流釣りも解禁になり、忙しい日々になりそうです。

私は元気な主人を見るのが大好きです。だから、いつの日か好きなことだけに専念出来る日が来ることを願っています。その日のために、私もボンヤリ主婦ばかりではいられないと反省し、主人に追い付け、追い越せの精神で自分の進むべき道を模索し始めている、今日この頃です。

ふくいくと
梅の香におい
春浅き
娘の制服の
見おさめの朝

我が家には二人の娘がいて何度も卒業式を経験しましたが、やはり末娘の高校の卒業式の朝が一番、感慨深いものでした。今日を限りの制服姿に、娘達の幼い頃からの沢山の想い出が走馬灯のように浮かんで、日頃は口うるさい母もチョッピリ、オセンチになったものです。でも、この日を境に娘達のほうは、これまで育ててもらった恩も何もきれいさっぱり忘れてしまって、二言目には「うちの親は古い！」「ママの学生時代とは違う！」と母親批判を始めるに至っては、日頃温厚を自認する私といたしましても、忍の糸ブチ切れ、マジにチョームカツクのであります。

飲み会に携帯電話、パソコンと母の知らない世界を一通り経験して、その間何度も母子の断絶があったけれど、末娘もめでたく大学を卒業する年齢になってやっと、母と娘の間で女同士の会話が出来るようになった気がします。母子共々、多少なりとも成長した結果だとしたら、真面目に努力した自分を誉めてあげたいと思う今日この頃です。

ワイドショーネタに強い私としては、芸能人の結婚インタビューで必ずと言っていいほど「結婚しても仕事と家事を両立していきたいです」と可愛い顔で言い放つアイドルを見ていると「ザケンジャネーヨ！　こちとら家事と育児に命をかけて二十数年間、地味に主婦してきたのに、芸能界と家庭を立派に両立出来たら、銀座の街を逆立ちして歩いてやらぁ」などと品のない文句が口をついて出そうになるのです。それほど大変なことなのですから、結婚数年で（ひどいときは数ヵ月で）離婚会見とか、馬鹿息子・娘のお詫び会見などという、恥ずかしい事態になりたくない方達はどちらか一方にしたほうが……などという老婆心がついつい顔を出してしまうのです。

「そんなの小さな親切、大きなお世話！　だからオバタリアンは嫌い」と可愛いアイドルタレント達に言われそうなので、いらぬお節介はこの辺にいたしましょう。でも、山口百恵さんはエライ！

ママはもう
女を捨てて
いるよねと
娘等に笑われ
のぞく手鏡

独身時代から現在に至るまで、社会に出て働いたことの全くない、今では化石に近い存在になってしまった私ですから、当然〝井の中の蛙《かわず》〟です。〝井の中の蛙〟は蛙なりに世間から取り残されないために、日夜努力しているつもりですが、目まぐるしく変わる社会情勢についていけず、家庭という狭い世界の中でウロウロ、オタオタするばかりです。

そして、この短歌のように娘達から笑われるのが、〝ごもっとも〟なほど、自分自身を構わなくなってからどれくらい経ったのでしょうか……。オバサン御用達のウェストゴムのスパッツと、夏なら色褪せたTシャツ、冬はおしりまでスッポリと隠れるセーターが主婦のユニフォームになり、たまの外出時はいったい去年の今頃は何を着ていたのだろうか……と考えてしまうほど、おしゃれと無縁の世界で生きているのです。

でも、この二十八年間を振り返ると、まがりなりにも二児の母として、また大家族の中での主婦としての役割は果たしてきたと自負しています。専業主婦というものは、社会的な地位などとは全く無縁の、パートで無税の枠内で働くオバサン達よりももっと下のランクに位置付けられているような気がします。例えば、子供の学校で毎年P

TA役員を選出するとき、働く母親よりも専業主婦がやって当たり前という風潮が私の子育て時代にはありました（今は働く母親のほうが圧倒的に多いでしょうから、どうなのかはわかりませんが）。

巷でも「三食昼寝付き」という主婦に対する代名詞がありますが、それは主婦のプロを自認する多くの専業主婦に対して失礼な言い方だし、これから結婚する若い女性達が、家庭より外で認められたいと思う傾向に拍車をかけるのではと心配です。外で働く者は外に七人の敵があり、家を守る主婦はガスの元栓を閉じるまでが勤務時間なので、どちらが大変という問題ではなく、双方がお互いを認め合って協調してゆくべきだと思います。

今世間では、二子玉川の〝子マダム〟とか、白金の〝シロガネーゼ〟（両方ともちょっとリッチな若い主婦のこと）などというブランドを身にまとい、子供をペットのごとく連れ歩く人種が若い主婦の間で憧れの的のような風潮があります。でも、お受験殺人などの痛ましい出来事と重ね合わせて「ケッ！　子育て一つ満足に出来なくて、お受験だ！　ブランドだ！　でもないだろうに!!」とまたまた、意地悪オバサンが顔を出してしまうのです。

とにかく、子育てというものは生半可な気持ちでは出来ないものだし、自分にゆとりがなければ楽しんでもいられないものなのです。ですから、小泉政権が保育所待機児童ゼロを謳っていますが、私はせめて子供が幼稚園に入るまでは母親は母親業をまっとうすべきだと思うのです（経済的事情の場合は別として）。

家庭に母親を帰し、父権を復活すれば、今よりは少し良い時代に戻れるような気がしてならないのです。子育て期間が無事終われば、能力のあるオバサンは必ず社会に必要とされるものなのですから。

若いママたちへ、子育ては一時なのだから楽しんで、後悔のない人生の良き先輩になるように頑張ってほしいとつくづく思います。

サンタさん
良い子にしなけりゃ
来ないよね
信じた我が娘も
今ぶっとびギャル

子供は小学校低学年頃までは天使です。無心にオッパイを飲む姿、初めて二、三歩、歩いたときの得意顔、「パパ、ママ」と言ったときの感動、小さな体がひっくり返りそうだったランドセル姿、クリスマスの朝、興奮気味に「サンタさんを見たよ！　すごーく優しそうな顔をしていたよ」と言ったときの、キラキラ輝いていた瞳……このまま時が止まってしまえば良いのにと、何度思ったことでしょう。

でも、時は無情です。時々、刻々変わる世の中と同じで、子供も良いことも、悪いことも吸収して着実に成長していきます。まず、服装、髪型の自己主張が始まり、親子のバトルが繰り広げられます。

次に、反抗期というやっかいな時期があります。中学生の頃の反抗期は、少々扱いにくくて、親を否定し、教師を否定し、世の中の全てのものを否定して、友達だけを肯定します。この時期は、親は子供と同じレベルでぶつかっても、エネルギーの消費だけで、何の実りもないものです。「うちの子に限って」などとは思わず「うちの子だから、やりかねない」と思っていたほうが賢明です。そして、それが杞憂に終わったら「うちの子、それほどバカではなかったのね」と素直に喜べるというものです。

ですから。


親が優れた資質を持っているのなら別ですが、ごく普通なら、子供も五十歩百歩なのですから。

最近、少年犯罪がとても凶悪になってきていますが、子供に目が向いている親ならば、絶対に子供の変化に気付くはずです。子供を信じることは、とても大事なことですが、少しでも違和感を感じたら、逃げないことです。正面から子供の目を見て、話し合うことです。初めての嘘は、子供自身にとっても「いつかばれるのではないか？」と不安一杯なのだと思います。そして、一つの嘘がばれなければ、だんだんと罪悪感が麻痺してくるはずです。矛盾しているけれども、ばれて一番ホッとするのが子供自身なのではないでしょうか。

我が家でも、そういう小さい事件が何度かありました。そのたび、娘は「なんでママにはバレるのだろう。私、要領が悪いのかな？」と嘆いていました。何故かわかる？　それは、母の愛。あなた達を未来の旦那様に渡すまでは、しっかり育てると心に決めているからです。

世の若者達が十人十色ではなく、十人一色になりつつある今、せめて「自分らしさ」

を忘れずに、自分が信じた道を失敗を恐れずに、歩いていってほしいと思います。悔いのない人生のために……。

何故なのよ
尻ぬけミーハー
脳天気
育てたように
子は育つ

二人の娘は、同じように育てたつもりですが、二つの個性に育ち上がりました。長女は、外見は女の子らしいのに、内面はバリバリ体育会系。大学時代は、男子部員の中に紅一点のスキー部で、競技スキーをしていました。朝練、午後練当たり前。冬はほとんど東京にいないような生活でした。たまに電話があると「金送れ」です。親のスネをしっかりかじり尽くして、さっさと嫁いでいきました。

次女は、外見はボーイッシュで、小さい頃はよく男の子と間違えられましたが、内面はバリバリ文化系。怠け者で、大学を出た今も就職せず、毎週、求人雑誌を見ては、溜息をつきつつ「今週も良いアルバイトがなかったので、宜しくお願いします」と夕ダ飯を食っています。

このように、能動的と受動的の正反対の姉妹ですが、共通点が「尻ぬけ・ミーハー・脳天気」です。まず「尻ぬけ」……脱いだコート類はリビングに置きっぱなし、電気はつけっぱなし。掃除をさせれば、棚の上の埃は見えないのか、見えないふりをするのか、部屋をただ丸く掃くだけです。それが何日も続くと、母のストレスは最高潮に達し、一気に爆発し「私は無給のお手伝いさんではないのだ！」と鼻息荒く、説教タイムとなるのです。そんなとき、説教され側のはしっこに主人が並んでいて「悪いところはみんな僕に似たんだね」と、小さな声でつぶやくのです。そして、みんなコソコソと自分の部屋に逃げていきます。一人残された私は、未消化の不満のぶつけ所がなくて、「明日もまた、同じことを言わせたら必ず家出してやるぞ！」と心に誓うのです。

次に「ミーハー」……私はあまり物事に執着しない方ですし、着る物も気に入ったものを長く着る主義ですから、娘達に付き合ってデパートに行っても、本音を言うとあまり楽しくありません。それに反して、娘達は季節の変わり目ごとに、流行の服を欲しがり、喜々としてデパートの中を疲れた母を引っ張り回します。そして、気に入った洋服が手に入ったときは「ありがとう」と、日頃は見られないような笑顔で感謝するのです。その気持ちをせめて、三日は態度で表してほしい私です。

そんなところはいったい、誰に似たのだろうと思ったら、やっぱり主人でした。釣りの好きな主人は、暇だと釣具店に行って、何かしら買ってくるし、新しい機種の電化製品には必ず飛び付きます。やはり、ミーハー度についても、みんなを並べて説教ものですね。

最後に「脳天気」……これは文句なく、私でしょう。以前書いた一首に「うちのママ　天然ボケだと言う子らに　ほんとにボケたら　世話よろしくね」というのがあります。自分では、天然ボケだという認識はないのですが、娘達から見ると「言動がちょっとヘン！」と映るのだそうです。若年性痴呆症もあるのですから、気を引き締めて毎日を過ごさなくてはと、少々反省いたしました。でも、母役も妻役も少々、飽きてきてマンネリ化しているので、やっぱりこれからは人から脳天気と言われても、頭の中は春爛漫というのも、私自身は楽しくて良いのではないでしょうか。

結果は二対一で、二人の娘のＤＮＡはしっかり主人のほうに軍配が上がったようです。三人とも、この際しっかり反省して、二度と私に「家出するぞ！」と言わせないようにしてほしい、今日この頃です。

いそいそと
娘等はデートに
出て行きて
家に残るは
ジジババばかり

夫婦が夫と妻以外の何物でもなくなってから、どのくらいの月日が流れ去っていったのでしょう。思い出せないくらい前のことのような気もするし、ついこの間までもう少し、女を意識していた気もするのですが……。

私は生来、あまり物事にこだわることなく生きてきたと思うのですが、多少は女ということにこだわってこれからを生きていったほうが良いのかな……とも思う今日この頃です。

それにしても、我が家の二人娘の出掛ける前の支度にかかる時間といったら、呆れ返るばかりです。特に上の娘は、デート前は気合い充分でゆうに一時間はかかるのですから、その熱意にはただただ脱帽で、そのエネルギーを母の手伝いの方に回してくれたら母は週休二日になるのにと思うのです。

〝火曜サスペンス劇場〟オタクの私としては（娘達は私のことを〝火サスの女王〟と呼ぶのです。何故かと言うと、イントロのメロディとあらすじの場面だけで犯人をピタリと当てるからです）犯行現場の香水の残り香が犯人のヒントになることがあるのですが、我が家の娘などきっとすぐに捕まってしまうのではないかというほど、移動して歩く過程が手に取るようにわかるくらい香水をつけるので、石鹸の香り以外認めない母としばしば衝突するのです。

今時の若い人達のこだわりには、オバサンはただただ目を見張るばかりです。ブランド物のバッグ、アクセサリー、ファッションに始まり、カリスマ美容師、カリスマ店員と何だか訳のわからない現代語が飛び交うに至っては、団塊の世代に育ったオバサンとしては、自分達の親が「今時の若いモンは！」と嘆いていたのを思い出しては「歴史は繰り返す……」と妙に感慨深く思い至ってしまうのです。

と、そんなことを思っているうちに、娘等はいそいそと出ていって、家に残ったのは姑、母、主人、私のジジ・ババ部隊のみとなり、残り物の精進料理で弾まない会話をボソボソとしつつ、そそくさと夕飯を食べて解散となり、今日一日も何の変哲もなく、平穏無事に暮れていくのです。

郵便はがき

恐縮ですが
切手を貼っ
てお出しく
ださい

1600022

東京都新宿区
新宿1－10－1

(株) 文芸社

ご愛読者カード係行

書　名			
お買上 書店名	都道 府県　　市区 郡　　書店		
ふりがな お名前		明治 大正 昭和　年生　歳	
ふりがな ご住所	□□□-□□□□	性別 男・女	
お電話 番　号	（書籍ご注文の際に必要です）	ご職業	

お買い求めの動機

1．書店店頭で見て　2．小社の目録を見て　3．人にすすめられて
4．新聞広告、雑誌記事、書評を見て（新聞、雑誌名　　　）

上の質問に1．と答えられた方の直接的な動機

1．タイトル　2．著者　3．目次　4．カバーデザイン　5．帯　6．その他（

ご購読新聞　　新聞	ご購読雑誌

文芸社の本をお買い求めいただき誠にありがとうございます。
この愛読者カードは今後の小社出版の企画およびイベント等の資料として役立たせていただきます。

本書についてのご意見、ご感想をお聞かせください。
① 内容について

② カバー、タイトルについて

今後、とりあげてほしいテーマを掲げてください。

最近読んでおもしろかった本と、その理由をお聞かせください。

ご自分の研究成果やお考えを出版してみたいというお気持ちはありますか。
ある　　ない　　内容・テーマ（　　　　　　　　　　）

「ある」場合、小社から出版のご案内を希望されますか。
する　　しない

ご協力ありがとうございました。

〈ブックサービスのご案内〉
小社では、書籍の直接販売を料金着払いの宅急便サービスにて承っております。ご購入希望がございましたら下の欄に書名と冊数をお書きの上ご返送ください。（送料１回210円）

ご注文書名	冊数	ご注文書名	冊数
	冊		冊
	冊		冊

つんけんと
母親批判
する娘等と
同じレベルの
我が身哀しく

最近でこそ、娘達も少し大人になってきて、こういう状況は少なくなってきましたが、高校生、大学生の頃は、母親との価値観、人生観の相違から幾度となく、小さな衝突、大きな衝突をエンドレスのごとく、繰り返して参りました。

例えば、人生で一番大切なことは「勤勉・真面目・努力」（これは、娘達の学校のスローガンです）だと思うのに、その三つがすっぽりと抜け落ちてしまっている娘達は「勤勉？ 疲れる～。真面目？ ダサイ！ 努力？ しらける」などとのたまい、歩み寄りの精神など、微塵も持とうとしないのです。まるでエイリアンと決して交わることのない、不毛の戦いをしているようで、虚しさと無力感にどっぷりと浸かっている時代でした。

始めのうちこそ、母も年長の威厳を保ちつつ、冷静かつ沈着に話しているのですが、あまりの物分りの悪さに、声もだんだんと大きくなっていき、最後の決めゼリフは「話しても無駄ね。もうママは何も言いませんから、どうぞ御勝手に！」となってしまうのです。そして、寝ながら「アーア。今日も娘と同じレベルでやり合ってしまった……」と自分のいたらなさに、恥じ入るのです。

そんなとき、決まって思い出すのが、私の学校生活で最も尊敬した、今は亡き、小学校の恩師の年賀状に書かれていた一言です。「子供の成長と共に、成長する母親であれ」という言葉。子育て真っ最中だった私は、これを座右の銘にしよう、と固く心に誓ったものでした。

それから早、二十年の歳月が流れ、そんな初心も娘達とのバトルの後、冷静になってからしか、思い出さなくなってしまったのです。そんなとき、子育てに本当に消極的な主人は「まあ、まあ、両方の言い分はよくわかったから、この辺で手打ちにしたら」などど、仲裁にも何にもならない妥協案を提出するのです。そして、双方、いささか歩み寄りながら、消化不良気味の不満顔が半日ほど続くのです。

でも、そこは親子なのですね。半日もすれば、お互いに、そんないさかいがあったことなど、ケロリと忘れて、仲良くおしゃべりをしているのですから。

でもね、最後に母から耳の痛い忠告です。一度きりの人生なのだから、そして、時は金なりなのだから、どんな小さな夢でも良いから、しっかり持って、その夢に向かって一生懸命、努力してほしいのです。

あなた達の人生は、母が作るものではなく、自分自身の手で掴み取っていくものなのだから。あなた達の青春に幸あれ!!

嫁ぐ日を
指折り数え
待つ娘
幸多かれと
祈る父母

長女は〝結婚願望〟の強い娘でした。今時の女性は、家事・育児などの地味な仕事よりも、社会的に認められるキャリアウーマンの道を選びたがる傾向にあると思っていました。私達の時代は、学校を卒業後、就職組と家事手伝い組が半々くらいの割合で、私は後者の今で言うプータローの後、結婚して今に至っています。

だからという訳でもないのですが、女性が社会に進出出来る時代になって、娘も少しは外に目を向けられる女性になってほしいと思っていましたし、結婚はいつかはしてほしいと思うけれど、ゆっくりでいいのではないかと思っていました。それに何より、今までかじり尽くされて、すっかり細くなってしまったスネを元通りとは言わないまでも、少しは豊かにしてほしいと期待していました。それが大学を出て、たった二ヵ月勤めただけで、あっさりと辞表を出してしまったのです。ということは、月二万円を家に入れると言っていた約束は、電卓を叩く必要もないほど、薄っぺらのまま反故にされてしまったのです。友人達には「あなたの娘らしいわね」と大笑いされてしまったのですが、親としては笑い話どころか「納得いかな〜い」話でした。そうこうするうちに「私結婚します」とムコ殿を連れて来るに至っては、ア然・ボウ然・ブ然として、期待していた〝出世払い〟もどこかにぶっ飛んでしまいました。でも、目一杯緊張しながらも、誠実にプロポーズをするムコ殿のひた向きさに、大事に育てた娘だけれども託しても良いかなと思いました。そして、何よりも結婚したいという二人の熱意が、久々に私達夫婦にもそういう時代があったということを、思い出させてくれました。

友人の御主人が、お嬢さんの結婚に際して「本当にアレ（彼）で良いのか？」と念を押したそうです。でもそれはお互い様で、双方の親としては、自分達のことは棚に上げて「早過ぎるのではないか」とか「ちょっと頼りないわね」とか「息子が尻に敷かれそう」とか、心配の種は尽きないものです。今までは、親の庇護の元でヌクヌクと暮らしてきたけれど、これからは二人だけで新しい家庭を築いていくのだということを肝に銘じ、家庭人として、また、社会人としてみんなに認めてもらえる夫婦になるべく、一歩一歩、着実に歩んでほしいと思っています。

日に日に無口で、不機嫌になっていく父親を尻目に、母と娘は一大イベントに向けて、日に日にテンションが上がり、精力的に動き回っては、両手一杯に花嫁道具を抱えて帰る今日この頃です。そして、嫁ぐ日が一歩一歩、確実に近づいてきています。

パパに娘からの感謝の一言。

「パパとママが私達夫婦の理想です。私が育った家庭のように、人が大勢集まる温かい家庭を、きっと作ります」

良かったね……パパ！

はえば立て
立てば歩めと
育て来て
娘の巣立ちの日
うれしく淋しく

前日の大雨がウソのように上がり、雲一つない快晴の秋空が、夜中までウェディングブーケ造りに格闘していた母の目に、まぶしいほどに広がって、娘の幸せの予感を感じさせる一日の始まりでした。

どっかりと座り込み、競馬中継を聞いているふりをしている主人を横目に、慌ただしく走り回り、やっと着付けを済ませて後発隊に指示を出しつつ、帯をポンと叩いて「いざ出陣」と相成るはずでした。が、主人は未だパジャマ姿のまま、頭モジャモジャ、顔は洗っていないと、何ともまあ往生際の悪いこと。呆れ果ててしまいました。やっとのことで、何とか花嫁の父に見えるようになって夫婦二人、後発隊の「がんばって！」の声援に見送られ、支度のために先にホテルに向かっていた娘と無事、合流いたしました。

目一杯緊張し、目一杯正装した娘に、父親はすでにウルウル。母親は「おやまあ！馬子にも衣装だわ」と心中密かにつぶやきました。式のリハーサルが始まり、ヴァージンロードを父親と腕を組んで進む娘を迎えつつ、ふとムコ殿に目をやると、すでに大泣きをしているではありませんか。思わず我が目を疑って「大事に育てた娘を、あなたに託して大丈夫?」と聞きたくなってしまいました。でも、ムコ殿は後でこう言うのです。「ママが泣いていたので、もらい泣きをしたのです」と。私のせいにしないでほしいものだわ。それに、私は断じてリハーサルでは泣いていませんでしたもの(もちろん、本番の式では大泣きしましたが)。

身内や友人たちを招いての披露宴は、若い二人の独壇場で、それに引き換え父母は、はるか彼方に娘の晴れ姿を仰ぎ見るに至っては「ここまで無事に育ててきたのは私達だゾ」と叫びたくなりました。日本流の披露宴って、少しおかしいと思いませんか?そんな疑問はともかくも、体育会系のノリで、笑いあり、涙ありの温かい披露宴となりました。それもこれも、みんなあなた達二人を優しく見守ってくれる人達のおかげだということを決して忘れずに、誠実で穏やかな夫婦に成長してくれたらと願っています。

それにしても、よく泣いた一日でした。同じ場面で、多分共有の想い出が胸をよぎっているであろう、隣の主人もハンカチで涙を拭いているのを見て「これからもこの人と二人で、娘達を見守ってやらなければ」と感慨深く思ったものです。

あれから一年半が過ぎ、この夏には初孫が誕生いたしました。まがりなりにも、家庭を築き始めた娘夫婦に幸多かれと祈る気持ちです。

そして、パパとママから感謝の一言。

「私達を親にしてくれてありがとう。ジジ・ババにしてくれてありがとう。私達にとっては二人とも、自慢の娘達です」

母の背が
小さく軽く
なりゆきて
私の背中に
大きく重く

私の家族は主人と娘二人、主人の母と私の母の六人です。こういう形の家族は割と珍しいのではないかと思うのですが、変則的家族構成になってから十一年の歳月が経ってしまいました。

光陰矢のごとしのような気もするけれど、冷静に考えてみると、十一年前はまだ四十代の始めで下の娘が中学校に入学する春だったことを考えると、エネルギーに満ち溢れていて、こんな変則的な家庭をこの先もずっと続けていけると妙に気負った私自身がそこにいて、今考えると自分が年を取るということを忘れていたのだったと、つくづく自分の甘さに気付いた今日この頃です。

というのも、私の母は現在八十二歳になりましたが、十五年ほど前に父が亡くなってから（母は父の存命中は、父の仕事を若いときから手伝っていましたが、基本的には全て父に依存していて私の目から見ても、恵まれた幸せな主婦だったと思います）徐々に物忘れが多くなり、それを指摘されるのが嫌で精一杯虚勢を張っている様子が見られるようになりました。その頃、ちょうど主人の父も亡くなって義母が一人になったので、それを機に現在のような家族構成となったのです。

大家族の中で孫達に囲まれて賑やかに暮らせば、母にとっても良い刺激になってきっと良い結果が得られると確信していたのですが、そんなテレビドラマのような結果にはならず、母の状態は年を追うごとに悪くなってきています。今では、家族の誰かがいなくても何の疑問も感じないし、ごくたまに外食をしても、まだみんなが食事をしていても〝帰る〟と言い出すし、食べたばかりでも〝食べていない〟と言うような具合です。そんなことが毎日続くと、私自身もイライラが募り、つい母に対してトゲトゲしい気持ちになってしまうのです。

そんなとき、娘が私に新聞記事を「ママ読んでみて」と差し出しました。そこには〝親の介護は親の最後の子育て〟と書いてありました。その記事を読んだ途端、〝負うた子に教えられ〟の心境になり、思わず目頭が熱くなったものです。〝自分の親なのだから〟とか〝主人や姑達に迷惑をかけたくない〟という一心で気負い過ぎ、それが高じて押し潰されそうになっていた私に娘がそっと言った一言「ママ、一人の背に背負わないで。あまり役に立たないかもしれないけど、私にも手伝わせて」という珠玉の名文句に、それまで凝り固まっていた私の心が一気にほぐれて素直な気持ちで

「ありがとう」という言葉が出てきました。

老いた親を見るということは、例えば一ヵ月のうちの何日という期限付きならば優しく出来ることでも、毎日、二十四時間という生活では行き場のないストレスになるということも、周りの人達が理解してくれないと、世話をする者にとっては果てしないトンネル状態になりかねないのです。

でも、こういう状況の中で、確実に成長している娘の姿に、そして老いていく自分がいつかは母達の年齢になるのだ、ということに早く気が付けて良かった……と密かに小さくガッツポーズをしている今日この頃です。

子育てが
終わり熟女の
始まりと
思ったとたん
母介護

二人の娘が確実に成長し、一人は嫁ぎ、一人は大学を終えた今、長かった子育て期間にひとまず終止符を打てたこと、まあまあ及第点をあげられる子供達に育ったことに自分自身に表彰状をあげたい気持ちになっています。

子育てに消極的に参加していた主人にも、金銭的には肩の荷をおろして、これまた二十数年間〝お疲れ様でした〟賞かなとも思います。そして心身共に疲れと白髪が目立ち始めた夫婦二人、さて、これから体の自由がきくうちに何をしようかと手ぐすねを引いて待っていたのに、厳しい現実という壁に阻まれ、その場足踏み状態の今日この頃です。

若く活気のあるときには、痴呆も老いも自分には縁のないことだと思っていたけれども、月日が流れ、確実に親達は変化し、私達の肩に重くのしかかってくる現実に逃れることの出来ない血の繋がりと、一人一人の人生の重みをつくづくと感じています。そして、その経験を逆手に取り、自分の老後を考える良い機会を与えてくれたと思うことにしました。

戦後生まれの私達世代と、戦争真っ只中に青春時代を過ごした母達世代とでは比べようもないくらい、世情や経済が変化していて、母達世代は本当に損な時代を生きてきたなと思います。それに比べれば、私が物心ついた頃には世の中も経済もそれなりに安定していて、節約と豊かさを併せ持ったそれなりに暮らしやすい社会でした。その全く違う二つの世代が一つ屋根の下で暮らし、お互いの人格を尊重し合い、家族の平安を保つということは、あまり出来のよろしくない嫁としては、結構な努力を要することです。

例えば、たまの外食時、主人と娘は焼肉派。母達は和食派と好みが違い、どちらでもよい私としては、やはり母達の味方をすることになります。何度かそういうことが続くと娘は「じゃあ、私はいつまでも焼肉は食べられないという訳？」という子供地味たことを言い出すのです。「お友達と食べに行ったら？」と聞くと、「親と一緒に行けば高い肉を食べられるけど、友達とではそうはいかない」と切り返され、それもそうだな……と少し可哀想になることもあります。でも、私もだんだん、母達の嗜好に近づいてきていることを考えると、若者と上手に付き合っていくことは意外と難しいことかもしれないと思います。

お年寄りはお年寄り同志、オバサンはオバサン同志、若者は若者同志のほうが行動や話題や嗜好が合うに決まっているのですから。上手く折り合いを付けて付き合うには、年長者のほうがプライベートな時間を多く作って、「おばあちゃん元気で留守が良い」と若者に言わせてあげる配慮が必要かなと思い、今後の自分の老後に向けてのテーマにしていこうと思います。

とにかく、私にとって完成度の高い老人とは……

一、自立していること。

二、好奇心旺盛なこと。

三、友達が沢山いること。

四、趣味を持っていること。

五、真面目さといい加減さを併せ持っていること。

くらいでしょうか。でも、実現させるためには健康でなければ何にもならないので、少しずつ家事の手抜きをしながら、この五箇条の実現のために気力、体力を温存させるべく、奮闘、努力をいたしましょう。

幼子の
ようなほほ笑み
うかべつつ
母は想い出
一つずつ捨て

私の母は現在、八王子の病院に入院しています。十二年前に、私達家族、姑、母の六人家族でスタートしたこの変則的な家族構成も、一年半ほど前から破綻をきたし始めて、私自身がギブアップしてしまったのです。

同居してから、二、三年くらいは、物忘れがひどいということくらいで、基本的な生活習慣（例えば、洗濯や掃除）も手伝えば何とかなる状態でした。でも、それから現在に至るまでの八年間は、年々ひどくなる一方で、とにかく色々なトラブルがありました。

夜中に起きて、家具を拭きまわったり、昼は一日中、クローゼットの中を整理しているのではなく、掻き回していたり、よく疲れないなと感心するほど、動き回っているのです。「疲れるから、もうやめたら？」と言うと、逆ギレする有様。そのうち、お風呂に入るのも嫌がるようになって、毎日、私が一緒に入って、洗ってあげなくてはならなくなり、夜も母の部屋に布団を敷いて寝るようになりました。ただ幸いなことに、老いてからの引越しで、地元に馴染みがなかったので、徘徊しなかったのには助かりました。

でも、トラブルを起こすたびに、家族に申し訳ない気持ちと、しっかりしていた頃の母はどこへ行ってしまったのだろう、という情けなさで、ついつい、母に刺々しくなってしまう自分自身の未熟さに、自己嫌悪に陥ってしまう日々でした。

母はとても美しい人でした。そして、とてもおしゃれな人でした。そんな母の人格が、次々と壊れていって「これは病気のせいなのだから、仕方がないんだ」と、自分自身に言い聞かせながら、なんとか家族の協力のもと、頑張ってきました。兄も私の愚痴を黙って聞いてくれて、随分と協力もしてくれましたが、最終的に今の病院にお世話になることになりました。

その決断をした前後の日々は、私にとって、とてもつらい日々でした。主人は「もう限界だったんだよ」と言って、慰めてくれましたし、私自身も、そう思うことで納得したつもりなのですが、心の隅で「私は母を捨てたのでは……?」という自責の念にかられてしまうのです。父の仏壇に手を合わせていると、写真の父が「今までよく世話をしてくれてありがとう」と言ってくれているのか、「お母さん、可哀想だね」と言っているのか、どちらだろうと自分の心に問うたりしました。

そして、今、親孝行のつもりで、せっせと八王子まで会いに行っています。私の顔も、名前も忘れてしまって、過去の想い出を一つずつ捨てていく母の、時々見せる童女のような笑顔が、私には何よりも愛しくて、いつまでも手を握りながら見入ってしまうのです。そんなときの母は、私の想い出の中の凛とした美しさのままなのです。

母を知る人が、時々、面会に行きたいと言ってくださるのですが、私は丁重にお断りしています。しっかりしていた頃の母の姿を覚えていてくだされば、それが母の幸せだと思うからです。

お年寄りの介護というのは、どうしてもその家の主婦が多いようですが、最近少しそれが様変わりしてきたように思います。母がまだ家にいる頃、デイサービス（介護する家族の休養のために、半日見てくださるものです）にお世話になっていて、家族会に参加したとき、定年退職した男性が話されたことです。その方のお母様は、目が不自由で、痴呆症状があるので、家での介護が難しく、老人保健施設で六ヵ月、預かって頂いては、次の入所までの期間、家で世話をするのですが、奥様が協力してくれないので、一人で見ていらっしゃるということでした。他にも、何人も男性が出席していて、皆さん、奥様が協力してくれないというのです。随分、つらい話だなと思うと同時に、その方達の優しさに、頭が下がりました。

介護は子育てと同じ、ということも言われますが、子育ては年毎に楽になっていくけれど、介護は反比例していくものなので、周りの人達の思いやりと、手助けがないと、共倒れになってしまう恐れがあるということなのです。日頃、元気印の私も、母のことだけがウィークポイントで、書いていても、心が乱れてしまうのです。上手に年齢を重ねていくって、つくづく、難しいものですね。

温泉に
つかりて日々の
憂さ晴らし
本日主婦の
休業日なり

子育ても終わり「さて、これからどうしましょう?」と周りを見回すと、これもまた抜け殻状態の友達と目が合い、「温泉でも行きたいね」ということで満場一致、すぐにスケジュール調整が始まります（私達の場合は働いている人が最優先になるのですが）。

家族の許しを得て（このとき、一番渋い顔をするのが主人なので、私は子守り役に必ず娘をキープしておきます）一泊だけの温泉旅行を決行するのです。これを私は密かに〝主婦の休業日〟と名付けています。

女性（特に専業主婦）にとって、完全なる休業日とは家を離れない限り絶対にあり得ないことなので、こういうときの〝オバタリアンパワー〟はエンジン全開。ただ、ただ〝スゴイ!!〟の一言に尽きます。

待ち合わせの場所で落ち合った途端に、出てくるまでの慌ただしさをお互いに報告し合い、そんな苦労をしてまで出てきたのだから絶対に楽しまなくては損とばかりに、列車に乗り込むのです。そして、座席に着くや否や、それぞれが持ってきたお菓子を広げ、〝食べ、しゃべり、しゃべり、食べ〟の大饗宴。周りから見たら、微笑ましいどころか〝恐るべし！　オバタリアン〟と呼ばれる由縁かもしれません。自重、自重。とにかく、温泉に浸かってはしゃべり、食事をしながらしゃべり、布団に入ってもしゃべり、帰りの車中でもまた、またしゃべり……。よくもまぁ、こんなにしゃべる種があるものだと呆れるほど、日頃寡黙な私（自己認識）でさえ、その〝おしゃべりパワー〟に抗うことは出来ないのです。そのパワーは衰えを知らず、家に帰り着いてやっと「ア～疲れた……」と気付くまで続くのですから。

「まだまだ若いモンには負けないぞ」という気分になれて、次の旅行が待ち遠しいというものです。

でも、人生五十年も生きてくれば、それぞれが大なり小なり悩みや問題を抱えています。そういう愚痴やストレスを言い合いつつ、またお腹を抱えて大笑いして日頃の憂さを晴らし、明日からの生活に戻っていくのですから、私にとって有意義な旅だし、大事な友情なのです。

友情にカンパイ！　家族に感謝！

箱根路を
女五人で
旅すれば
十五の顔に
戻りて楽し

前の短歌に続き、私には学生時代の友達、夫婦共通の友達、子供の友達を通じての友人と、それぞれの時代に親しくなり、今に至っている三つのグループがあります。

学生時代の友は一番古くは十二歳のときからの付き合いで、セーラー服を着ていたときの十五歳の顔がすぐ思い出せる人達です。未だにその当時のアダ名で呼び合っているのですから端で見ていたら、〝なんか変！〟とでも言われるかもしれません。

夫婦共通の友は、子供達がまだほんの小さい頃、同じマンションに住んでいたときからの付き合いで、それこそ親戚同然。お互いの子供の結婚式の仲人をしたり、主賓の挨拶をしたりと遠い親戚より近い存在となっています。

子供の幼稚園時代の友達グループは、家が近所だったので、その頃流行っていた〝金曜日の妻たちへ〟というテレビドラマの題名を文字って、〝金妻会〟と命名して、月一回、金曜日に各家庭を持ち回り、各々、得意料理を一品持ち寄りでおしゃべりを楽しんでいたのですが、子供の成長と共に引っ越したりした人もいたので、今ではコーヒーお代わり自由で何時間でもＯＫ（店側はＯＫではないでしょうが……）のファミリーレストランで会うことにしています。

それらの人達との出会い、また、一期一会の人達との出会いが私にとって人生の彩りをどれほど豊かにしてくれているか、言葉に言い尽くせないほどの収穫です。

戦後に生まれ、高度成長期に育ち、景気低迷の今、どのような中年期を締めくくり、見事な老年期を迎えられるかが最大のテーマとなってきました。人それぞれ、生活環境も生き様も価値観も違うけれど、たまたま乗った汽車の同じシートに座ったもの同志、何故か気が合い、いつしかなくてはならない存在となって人生の終着駅までの道のりを助け合いながら旅していけたら、富も（ちょっぴりは欲しいけれど……）名声も（無理！　無理！）権力も（一番いらないもの）なくても、実りの多い人生だったを悟れると思います。

悟りの日まで清廉潔白、無私無欲、真実一路（知っている限りの四字熟語）で頑張ろう!!　頑張るゾ!!

雨降りで
家族のいない
こんな日は
リンとも鳴らぬ
電話うらめし

私にとって、雨降りの日は洗濯も少なく、布団干しもなく（特に冬の晴れた日は、一種の強迫観念にとらわれている主婦が多いのではないかしら？）掃除にも気合いが入らずに「まあ、いいか」と、主婦の休業日を決めこんでしまいます。まして、家族がみんな出払ってしまった平日の午後などは、友人達も同じ思いをしているらしく、電話のかかってくる率が高いのです。でも、たまにそんな雨降りの午後、電話が一度も鳴らない日があるものです。

お買い物に行くには早すぎるし、テレビも面白くないし、暇を持てあましているのだけれども、誰かに電話をしてまでおしゃべりしようかという気にもならないのです。

大家族で、いつも誰かしらがいるのに、ほんのたまにこういう日があると、なんだかとっても貴重な一時のようで、自分のためにとびきりおいしいコーヒーを入れて「お疲れ様」と、そっとつぶやきます。なんだかそんな日は、遠い遠い昔のことが、ひどく懐かしく思い出されて、雨のしずくを見ながら、物思いにふけるのです。

中学生の頃、毎年夏は親達が、伊豆の土肥温泉の一軒家を借りてくれて、祖母が世話係になり、いとこや友人達と一夏を過ごしたものです。その頃の土肥という所は、今のように観光客も少なく、もちろん恋人岬などというものもなく、垢抜けない海水浴場でした。でも、平日などはプライベートビーチのように静かで、兄やいとこ、友人達とそれこそ、朝から夕方まで浜辺で遊びこけ、表も裏もわからぬほど、真っ黒に日焼けをして、地元の子供と間違えられるほどでした。叔母の友人のお嬢さんとも仲良しになり、東京に帰ってからも、お互いの家を行ったり来たりして、大学に入る頃までは交流があったのですが、なんとなくお互いに忙しさもあって、結婚したということまでは風の便りに聞いていたのですが、そのまま音信は途絶えていました。

二年ほど前、銀座の三越前で友人と待ち合わせていたとき、偶然にも彼女と再会して、お互いにその後の予定があるので慌ただしく、住所と電話番号だけを交換して、その日は別れました。後日、電話をしてお互いの近況を報告し合い、昔話をして盛り上がり「必ず会いましょうね」と約束をして、とても幸せな気分でした。

年が明けて、年賀状に「何時会う?」と書いて出したら、しばらくして息子さんから「年賀状を頂いたのですが、母は亡くなりました」というお電話を頂きました。あまりに突然のことで、頭が真っ白になってしまって、何を言ったのかも覚えていないほどのショックでした。ただ、わかったことは、結婚生活があまり幸せではなかったということ。私と会ったとき、もうすでに病を抱えていたということでした。そんな様子は少しも見せずに、少女の頃の面影そっくりの笑顔で手を握ってくれたあなたと、細くて、三つ編みの似合う少女の頃のあなたが、目の裏に焼き付いていて、とてもつらく悲しい日でした。

もう少し、早く連絡して会っていれば……あなたの声から悩みを感じとってあげていれば……と後悔ばかりでした。でも、息子さんとお話をして、とても良くわかったことがありました。

「あなた、とても良いお母さんしていたのね。あなたのことを話してくれた息子さん、とても立派だったもの」

雨音を聞きながら、あまりにも早過ぎた友の死に思いを馳せた午後でした。

さて、そろそろ賑やかな家族達が、お腹をすかせて帰ってくる頃でしょう。今夜のメニューは何にしましょうか。

しんしんと
凍れる森で
湯を沸かし
飲むコーヒーの
至福の味わい

私と八ヶ岳の出会いは、子供達がまだ小さい頃でしたから、かれこれ十七～八年前の夏休みです。それ以来、八ヶ岳の虜になってしまったように、オールシーズン行くようになってしまいました。娘達は、いつも同じ所ばかりなので、たまには海にも行きたいと不満もあったようですが、親の権威を振りかざして「行きたくなければ、留守番をしていなさい」ぐらいの気持ちで、通い続けました。

山の避暑地と言えば、一番メジャーな所では軽井沢というのが相場でしょうし、部活の合宿でたびたび利用したり、独身時代も友達の別荘を利用させてもらったりと、縁は深かったのですが、それほど感激もなかったような気がします。でも、八ヶ岳には、出会った瞬間に「ビビビッ！」と感じてしまう、何かがあったのです。いつも一緒に行く友人は「ここには良い〝気〟がある」と言います。確かに、何日か過ごして東京に帰る頃には、〝邪気〟が払われ、〝気力〟を取し戻し、〝元気〟になってまた、頑張るゾと〝気力〟がみなぎるのですから、山の神様に感謝しつつ、また訪れる日を楽しみに忙しい日々に戻っていくのです。

でも、私が初めて八ヶ岳を訪れたのはバブル直前で、それからバブルに突入し、バブルが崩壊した今までをしっかりと見つめてきましたが、その変わりようには、ただただ目を見張るばかりです。最初の頃は、田舎特有の素朴な温かさがそこここに見受けられたし、家族連れが多かったのですが、バブル真っ只中は若者達で満ち溢れ、良く言えば活気があったけれど、その反面、若者受けするような興醒めな土産物屋や、レストランが建ち並び、ちょっと落ち着かない雰囲気になりました。そして今、世の中の景気後退と共に周りを見渡すと、乱開発により、こんな所まで別荘地にしてしまったのかと驚くほど、山の上のほうまで洒落た別荘が立ち並んでいます。

そして、庭を見ると東京の郊外かと見間違えるほど、綺麗にガーデニングが施してあり、何も庭の手入れをしに来なくても、もっとすることが山ほどあるのにと思ってしまいます。でも、そんな最近の洒落た別荘はともかく、バブル期に建った別荘は、かなり売りに出しているものが多く、これも世の移り変わりかと、少々淋しくもなります。売り別荘が増え、ペンション街も閑古鳥が鳴いている昨今、もうそろそろ開発もやめにして、残された僅かな自然と人とが共生出来る時代にしていかなくてはいけないのではないかと、つくづくと思うのです。その点では、長野県知事の〝脱ダム宣言〟は（この知事が好きか嫌いかは別として）勇気ある決断だと、拍手を送ると共に、全国的な動きになってほしいと思います。必要のない所にダムを作り、道路を作ってきたバブル期のツケが今、自然の生態系の破壊という重い現実となって、童謡〝ふるさと〟の懐かしい、古き良き日本の自然が失われることへの危機感を、私達がもう少し真剣に持たなければいけないと思います。

今、そんな時代への警鐘として、作家の立松和平さんや、C．Wニコルさんが自費を投じて自然保護に尽力していると聞きます。日本人ではないニコルさんが日本を愛しているのに、私達日本人が日本を愛せなくては恥ずかしいのを通り越して、情けなくなります。今、私達に出来ることは、もっと政治に目を向け、政治家に都合の良い日本ではなく、国民に優しい日本にしていかなくてはいけないと思うのです。そうでなければ、子供や孫達の時代に胸を張って、受け継いでいけないような気がします。

ここまで文明が進化して、便利になり過ぎた結果、みんなが疲れ、イライラしている世の中になり、癒し系のアイドルがもてはやされることが、なんだかとても不思議な気がします。私達世代が青春時代を過ごした時期は、携帯電話もパソコンもなかったけれども、何の不自由も感じなかったし、時間がとてもゆっくりと流れていたように思います。今は情報も迅速かつ、過多で目まぐるしく変わる世情についていくのが精一杯で、感動や驚きがついていけない状態なのでしょうか。

そんなことを考えながら、日曜日の朝、少し早起きをして主人と二人、しんしんと凍てつく森を散策してみました。雪の降り積もった道を歩き、清水の湧き出ている所で一休み。清水で湯を沸かし、コーヒータイムと洒落てみました。水の甘さ、コーヒーのまろやかさに、しばし、浮世の憂さを忘れてしまうほどでした。こんな心の贅沢を子供世代に実感として、味わわせてあげるために、今私達に出来ることは〝脱過剰文明〟宣言だと思うのです。

「兎追いし　かの山　こぶな釣りし　かの川　夢は今も巡りて　忘れがたき　故郷」

こんな素敵な童謡の世界が、まだ多少は残っている今〝開発よりは保存〟と、私から自然を愛する人達へメッセージの発信をいたしましょう。何はともあれ、おいしい自然の恵みに乾杯！

マンネリね
食卓にのる
晩ごはん
たまには主婦を
休みたいかも

主婦を長くやっていると、毎日の食事に工夫も研究心もなく、よその家はいったい何を食べているのだろうかと、溜息が出てしまいます。家族に何を食べたいか？　と聞くと、答えは決まって「何でもいいよ」なのです。私が作るしかないのだから、せめてメニューくらい考えてくれても良さそうなものなのにと、腹が立ってきます。

専業主婦とは、家事・育児が完璧に出来て当たり前だし、家族の都合で振り回されることにも慣れ切ってしまっているけれど、時々は主婦にも長期休暇が欲しいと切実に思うのです。

二人娘のうち、一人は嫁に出し、一人は大学を卒業した今、母親としての責任は、とりあえず終わったのだと思います。光陰矢のごとしではあったけれど、考えてみれば四半世紀の時を子育てに費やしてきたのです。人生五十年と言われた時代だったら、母親としての役割が終わった途端、あの世行きということになっていたんだと思うと、その時代の女性達は何の不思議も感じなかったのかと、意識の違いに哀れを感じます。

戦後の「女と靴下」が強くなった時代に生まれた私は、もう少し自己主張が強く、義務は果たす代わりに権利も主張する、少々生意気なお年頃です。滅私奉公などという古めかしい気持ちは、爪の先ほどもありませんから、夫と妻の立場も対等であるべきものだと思うのです。男性に定年というものがあるのですから、女性にもその時点で金一封と感謝状が出ても当然ではないかと思います（私は謙虚なので、頂きたいとは申しませんが、当然の権利とだけは申しておきましょう）。

さんざん生意気を言いましたが、ではいったい、長期休暇とはどれくらいもらえたら満足か考えてみました。二十八年間の主婦生活を考えると、一年三六五日×二八＝一〇二二〇日、うるう年が四年に一度でプラス七日で、トータル一〇二二七日という驚くべき数字が出てきました。とすると、一年くらいの休暇は頂いても良いような気がしますが「どうぞ、どうぞ、ごゆっくり。その代わり帰ってきたら主婦の座はないかも……」などと家族から言われかねないので、謙虚に一ヵ月くらいとしておきましょう。では、その一ヵ月を具体的にどう過ごすのかというのが問題になってきますが、生まれてこのかた、一人暮らしなどしたことのない私が、家族のいない淋しさに耐えられるかしら？　大家族の料理を作るの飽きたと言って、自分一人のためだけに作ろうと思うかしら？　答えは多分「ＮＯ！」でしょう。そんなとき、久しぶりに愛読書の〝相田みつを〟さんの『雨の日には……』を読み返してみました。

「ある日　自分へ」

おまえさんな
いま一体何が
一番欲しい
あれもこれもじゃ
だめだよ
いのちがけで
ほしいものを
ただ一ッに的を
しぼって
言ってみな

という作品があります。この作品を読んだとき、気が付きました。私は〝自由〟という言葉に憧れていただけだと。

老いた母の重圧から逃れたいとか、一生懸命頑張ったのだから自分にご褒美をあげたいとか……そんな自分の都合ばかりを家族に認めさせたかっただけなのです。どれだけ主人が、娘達が私を支え、助けてくれたのかを忘れるところでした。それを思い出し〝今一体何が欲しい〟と心に問うたら、答えはただ一つ「家族の幸せ」……でした。

そして、もう一つ〝相田みつを〟さんの作品を読みました。

毎日毎日
の足跡
がおのずか
ら人生の
答を出す

きれいな
足跡には
きれいな
水がたまる

雑巾の必要な、汚い足跡にならないように心しなくてはと反省する思いでした。そして、嫁いだ娘に送った一首を思い出しました。「料理とは　感性なりと娘に教えさいごにそっと　愛を一さじ」

初心に戻って、今夜は久しぶりに家族に「すごいご馳走だけど、今日は何かの記念日?」と言わせてみせましょう。

一人では
歩いて行けぬ
道だとて
みんなで渡れば
怖くないかも

五十路になり、あとどれくらい、自分の気力・体力が充実していられるかと考えることが多くなりました。「生涯学習」とか「老いを迎えうつ」など、長寿国となって何かと〝立派な老後〟論が巷を賑わせています。理想を言えば、心も身体も健康で、若者の世話にならずに老夫婦二人、身の回りのことがそこそこ小綺麗に出来て、最後を迎えられたら最高だと思うのです。

今、世の中は押し並べて健康志向で、アガリスクが良いとか、キトサンが良いとか言われています。そして病院はどこもかしこも、お年寄りで溢れています。待合室では、お年寄り同士が「最近○○さん見かけないね」「どっか悪いんじゃないの？」という落語の小噺のような会話が聞かれるというに至っては、よく「私はもういつお迎えが来てもいい」というのはウソだと思うのです。

生きとし生けるものの定めで、必ず寿命というものがあって、それは人それぞれ違うということを考えると、無神論者の私でも〝神の存在〟というものを信じたくなります。私は同年輩の友よりも、人の一生というものを真剣に考えてしまっているかもしれません。

それは、現在病院に世話になっている母の存在というものが、とても大きく私自身にのしかかっているのだと思います。母の人生は〝ただの主婦〟という私の生き方とは違い、華やかで、父が亡くなるまでは幸せを絵に描いたようなものだったと思います。ただ、その幸せにアグラをかいていたことも否めません。母にとって、父の存在そのものがあまりにも大きかったので、父亡き後の自分の人生まで思い描けなかったのだと思うのです。子供の顔すら忘れてしまった今、全てを介護の人の手に委ねてしまっています。そういう母を見ていると〝人間の尊厳〟とはいったい何だろうと考えてしまいます。しっかりしている母だったら、今の自分自身を絶対に否定すると思うし、人に見られたくないと思うのです。私自身は、やっぱり母のＤＮＡをしっかり受け継いでいるでしょうから、老いというものが、とても怖いし、もし現実になったら娘達が困り果てるのも、手に取るようにわかるので〝尊厳死〟というものが尊厳のあるうちに、自分の判断で決められたらと思うのです。

でも、無心に笑う母を見ていると、どんな姿になっても生きてほしいと願っているのも事実なのです。〝肉親の情〟なのでしょうか。やはり〝血は水よりも濃し〟なのでしょうか。娘達も、きっとそう思うのでしょう。子供の世話にはなりたくないと思うのが、親の共通の思いでしょうが、近い将来、必ず世話になるときが来るのは止められないような気がします。それまでは、前向きに生きて、娘達が重荷に思わないような親としての生き方を学びたいと思います。

最近、テレビで吉行和子さんのお母様の、あぐりさんを拝見しました。八十六歳にして、美容師として未だ現役で、明るく美しい方でした。「今日一日、何をしていましたか？」という娘の問いに「今日は、美容院にお客様が見えるので、大きな袋にタオルなどを詰めて、かついで行きました。帰りにお花を買いました。同じ花なのに、五百円と千円のがあって、きっと千円のほうが良い花だと思うので、千円のほうを買ってきました」というような会話をなさっていました。そして五年ほど前から、一年に一度、親子で海外旅行をしているというのです。家事も子育てもせず、仕事に生きて、でもその生き方は周囲を納得させるものだとしたら〝すばらしい〟の一語に尽きてしまいます。

今、私はそういう母娘の会話が何よりも羨ましく、母がしっかりしていてくれたら、五十路を過ぎた私がどう映るか教えてほしいと思うのです。まだ会話のあったときに、もっと話をしておけば良かった、もっと甘えておけば良かったと後悔だけが後からついてきます。けれども、私には姉と慕う従姉がいて、悩みを素直に打ち明けられる友がいて、そして何よりも、私を支えてくれる家族がいて、私の人生を豊かにしてくれています。それらの人達との縁を大切にして、これからの人生を共に歩いていかれれば〝老いること〟も怖くないかもしれないと思うのです。

相田みつをさんの作品より

生きていて
楽しいと思う
ことの一つ
それは
人間が人間と

逢って人間に
ついて話をする
時です

同感です。

一番に
欲しい物はと
聞かれたら
迷わず言うよ
巨人のチケット

長かったシーズンオフが終わり、もうじき、プロ野球が開幕します。私もとても忙しくなります。夕食の支度を早く済ませて、テレビの前に陣取らなくてはならないからです。草野球のチームを持っていた父や、野球部だった兄達の影響からか、小さい頃から〝巨人・大鵬・卵焼き〟の三種の神器で育った私としては、とにかく首を長くして待っていたのですから。でも本当は、去年（二〇〇一年）、優勝出来ず、大好きな長島監督も引退してしまったので、ファンをやめようかとも思ったのです。そして、これからは特定のチームを応援するのはやめて、優勝しそうなチームを応援する〝風見鶏ファン〟になろうかとも思ったのです。そうすれば、毎年気分良く野球シーズンを過ごせるのですから。でも、ハタと考えました。テレビ放送は巨人戦ばかりなのです。ケーブルテレビなどという、文明と縁のない我が家では、やはり巨人ファンでいなければならないようです。

それにしても、二〇〇一年の巨人は「情けない」の一言でした。途中から「勝とう」という心意気が感じられないような試合内容でした。それにも増して、長島監督が引退宣言した後、せめて引退の花道を飾るべく、選手が一丸となって勝ち続ければ、もしかしたら優勝出来たかもしれないのに……。今考えても悔しくて、やっぱり〝巨人ファンをやめようかな〟とファン心理が揺れ動きます。

でも、気立ての良いNO．1松井クン、次女のムコ候補NO．1高橋クン、恥ずかしがり屋NO．1二岡クン、笑顔とガッツポーズNO．1上原クン、お調子者NO．1元木クン……等など、魅力ある選手が沢山いて、やっぱり今年も巨人戦をしっかり見ているのでしょうし、勝った、負けたと一喜一憂していることでしょう。

ところで、原新監督は監督としてはどうなのでしょうか。面食いの私としては、ルックスは合格点ですが、実力はどうなのでしょうか。確か現役時代、一時期〝ピーターパン・シンドローム〟と呼ばれていたはずです。要するに、直訳すると〝大人になりたくない症候群〟です。〝監督やめたい症候群〟にならないように、奮闘努力をお願い申し上げます。

ということで、今一番欲しい物は、開幕戦のチケットです。毎年、熱狂巨人ファンの私に一、二度くらいチケットをくださる、奇特な方がいらっしゃるのですが、景気がどん底の今年は、少々期待薄でしょうか。私が行く日は、どういう訳か必ず勝てるのです。これは本当です。ですから、巨人軍のフロントの方がもし、この文章を目にする機会があったら〝勝利の女神〟にシーズンチケットをくださることが、今年の優勝につながると思うのですが、いかがなものか。

とにかく、エキサイティングで、最後に原監督が宙に舞う姿が見られるシーズンになることをお祈り致します。

デブキライ
ハゲも嫌よと
言うギャルよ
彼氏の家系
調べられたし

もうかなり前の話ですが（三十代に突入した頃だと記憶しています）同じマンションに住む仲良し主婦達と井戸端会議をしていたときのことです。何の話題からか忘れてしまいましたが、私が「デブとハゲはキライ！」と言った途端、ちょっと間が空いて私の隣にいた友人が下を向いて笑いをこらえているのが目に入ったのです。思わず周りを見回して「やっちゃったかな？」と心の中でつぶやいていると、私より少々年下の奥様が「うちの主人、ハゲで小太りなの……」とおずおずとおっしゃったのです。まさかその若さで、そういう事態になるなどと考えてもいなかった私は頭の中が真っ白になって、どうフォローをして良いものやらパニックに陥ったものです。でも、その奥様はとても良い方だったので事無きを保ったものの、今考えても〝若気の至り〟だったと苦笑いが出てしまいます。

恋愛期間中は〝白馬に乗った王子様〟〝おちゃめな天使ちゃん〟などとお互いを呼び合っても、結婚して夫と妻になり、何年かして父親と母親になればそんなメッキはすっかり剥げ落ち、素の男と女になってそこからが本当の意味での人間としての真価が問われてくるというものです。そのときになって「こんなはずじゃなかったわ」とか「騙された！」などと罵り合うような夫婦は早いところ、結婚生活を解消したほうが良いかもしれません。

結婚したときと同じ外見を維持出来る訳はないのだから、その現実は素直に受け止めて、一年経ったら経ったなりの心の成長をしている夫婦は必ずや、共白髪まで添い遂げるでしょう。

この首は〝逆もまた真なり〟です。女の子もいずれ、しっかりとオバタリアンになっていくのです。今、自分達が人の迷惑も省みずにしっかりと付けている香水も、化粧品の臭いもオバサンが付けると「クサイ！」とけなすけれど、自分がオバサンになったとき、必ず子供達に同じようなことを言われるのだから、あまりオジサン・オバサンをけなさずに仲良くやっていきましょうね。

今の世は
夫婦別姓
育児イヤ
成田離婚と
マスオさん増え

これは友達から聞いた本当の話ですが、友人の家に電話をしたら、ついこの間結婚したはずのお嬢さんが出たので「里帰りをしているの?」と聞いたら、「実はもう離婚寸前なの。最初から反対だったから、帰ってきて良かった」と言うのだそうです。都内のホテルで盛大な結婚式をして、海外に新婚旅行へ行ったというのに……。

私だったら、せっかくお金をかけたのだから一年間は頑張ってくれなければ悔しくて夜も眠れないと思うのです。幸い、我が家の長女は、今のところ夫婦円満なので安心していますが、未熟者同士が一緒になって、おぼつかないながらも夫となり妻となり、父となり母となって少しずつでも、成長していってくれたらと思います。

偉そうなことは言えないけれど、私達が結婚した頃は、今の若者達より少しは大人だったように思うのです。親から見れば頼りなく、心配だったとは思いますが、現代の親のように手出し、口出しせずに距離を置いて見守っていてくれたように思います。だからこそ期待に応えるべく、しっかりしなければと妙に気負った顔の二十代、三十代があり、白髪の数だけ分別のついた四十代を経て、親を介護するという親子逆転の五十代へと突入したのです。

親離れ、子離れしない現代の親子関係で、私達が老人になったとき、果たして子供達が介護してくれるほどに大人になってくれているかどうか、怪しいものです。

あまりにも大人になり切れない、熟身体・未熟精神の若者達を街で見かけるにつけ、ひょっとしたら老後も子供の借金の尻拭いをしたり、孫の世話を押し付けられたりする老親が増えるかもしれないと、危惧してしまうのは私だけでしょうか。

何時まで経っても親は親、とばかりに細く、もろくなった脛をかじられたら、おちおち老け込んでもいられなくて、これも親孝行なのかなと妙に納得してしまうかもしれませんね。少子化が進む一方で、私達中年世代も自分の身の処し方を熟考しつつ、姥捨て山の選別を真剣に考えねばならないかもしれません。

女性は逞《たくま》しいから、そんな現実もしっかりと受け止め、すぐに順応していけるかもしれませんが、男性は良く言えばデリケート、悪く言えば意気地なしで年と共に頑固になりかねないので、一番タチが悪いようです。だから他人事と高見の見物をしていないで、爺捨て山も視覚に入れた御自分の老後を良くお考え遊ばせ。くれぐれも、言動にはお気を付けて！　女房・子供を怒らせるとコワイですよ。

来る年が
行く年よりも
善きことを
願いておせち
つめる除夜の音

十年一昔というなら、かれこれ、三昔も主婦をしていると、食事のメニューも尽き果て、目新しいおかずが極まれにしか乗らなくなった食卓に反省心もなく「嫌なら自分で作ってよ！」と居直るような、ふてぶてしさを身に付けてしまった我が身を嘆きながら、年に一度は、ねじり鉢巻き、腕まくりで全力投球するのが大晦日です。とにかく、三十日までには、全てのお買い物を済ませ、本番に臨むのです。

というのも、毎年、一月一日は、お年賀のお客様が二十数人にものぼるからです。日頃、サボリ癖の付いた身には、いささかつらいものがありますが、朝食を済ませたと同時に、おせちに取りかかり、昼食も立ったままパンをかじり、コーヒーも仕事の合い間に飲み、どうやらメドが立った頃には、夕飯の時間になってしまう有様です。そして、初詣に出掛けていく娘達を「早く帰ってらっしゃいヨ！」と一年の最後の小言を言いながら送り出し、掃除機をかけ、荒神様（台所の神様）に一年の無事を感謝しながら、心静かにおせちを詰めるのです。

二〇〇一年は本当に世界を震撼させるような、アメリカ同時多発テロという大事件が起きたり、全国民の最後の期待を持って迎えられた小泉政権が、抵抗勢力（御本人達は、そうではないとおっしゃるけれど、どう公正に見ても、言動、政局の展開、悪人面からは立派な抵抗勢力以外の何者でもない、ということは、国民の九九%が信じて疑わないでしょう）の前に、あえなく散りかかっている今、若者達はこれから先の未来に、何を信じ、何を夢見て歩いていけば良いのか、わからなくなってしまうでしょう。抗戦的なブッシュ大統領、平気で嘘をつく政治家、年々低年齢化する少年犯罪、キレる若者、働く意欲のない人々、節操のない社会、無差別に情報を流し続けるマスコミ……生きていくことがつらくなるような世の中にしてしまったのは、多分、私達中高年でしょう。

こんなことを考えていたら、以前、明治生まれの女性達の『生きるお手本』という本を読んだときのことを、思い出しました。料理研究家の、飯田深雪さんの「年をとることは、心が豊かになるということ」という言葉。加藤シヅエさんの「私は一日、十回感動いたします。感動する心が、自分を育てます」という言葉……。私達女性の大先輩である方達の言葉に、しばし、言葉を失ってしまったものです。

どんどん、便利になっていく生活、節約という美徳を忘れ、まがい物のゴージャスさを求める、飽くなき物欲……。その影で、自然はどんどん破壊されていき、自分の知恵で生きていくすべを忘れ、このままでは本当に一億総白痴化現象に突入していくのではと、空恐ろしくなります。

私が物心ついた頃の日本は、敗戦から立ち直り、アメリカの文化が眩《まばゆ》いばかりの光を放ち始めた時代でした。それは、今までの私達の身近にはなかった、新鮮な驚きでした。でも、衣服も車も食べ物も、世界的なレベルに達した今、もうこれ以上の豊かさも、便利さも必要ないのではないでしょうか。あとは、美しい日本の風景が開発の名の元に、これ以上、壊されないことを願い、他人の痛みがわかる、優しい、思いやりに満ちた、バブル以前の時代に逆行することを願ってやみません。

そんなことを考えていたら、遠い深大寺の除夜の鐘が、風に乗って、低く静かに鳴り始めました。思わず、新しき年、そして、若者達の未来が今よりもはるかに良い時代になることを祈りながら、重箱の蓋を閉めました。そろそろ、中央高速道路での、初日の出暴走族と警官隊の攻防が始まるようで、北の方角から、賑やかな音が聞こえ始めました。この若者達の、有り余るほどの無駄なエネルギーが、来年には違う方向に向いてくれたら……と思います。

人生は
いろいろあるねと
歌にいう
ほんとにそうだね
いろいろあるね

二〇〇二年にソルトレークシティーの冬季オリンピックが開催されました。

それにしても、最近の選手達は随分、美形になったものだと感心してしまいます。そして、プレッシャーは感じているのでしょうけれど、気持ちの切り替えがとても上手な気がします。でも、この若者達が楽しかるべき青春を全て犠牲にして、自分の体力、気力の限界をはるかに超えた練習に耐える姿に、こんなに厳しい生き方を選ぶ若者達もいるのだと思うと、先行き不安材料だらけのこの日本も、まだまだ捨てたものでもないなと、少しばかりホッとします。

若者の有り余るエネルギーの発露が、良い方向に向かうように私達大人が、家庭、教育両方の立場から見守っていける社会にしていかなければならないと、衿を正すような気持ちになります。若者達の生き方が十人十色ならば、私達中年世代の生き方も、人それぞれです。

人生五十年も生きていると、あまり幸せでない人生を過ごしてきた人は、若いとき、いくら魅力があってモテた人でも、姿、形が違ってくるように思います。その反対もまたしかり。年を追うごとに、不思議な魅力を醸し出す人もいます。その人がそこにいるだけで、その場が和み、その一言が周りの人々の心に温かく残るような……そんな人に私はなりたい……と宮沢賢治のような心境になるのです。

亡くなった父は、私にとってお手本となるような生き方を残してくれた人です。自分に厳しく、他人には思いやりを亡くなるまで忘れない人でした。病に倒れ、七十二歳にして逝きましたが、つらい病状を一言の弱音も吐かずに、後に残す母のことを心配し、子育て真っ最中の私が看病に行くと「早く帰ってあげなさい」と、気遣う人でした。「亡くなって知る親の恩」とは、こういうことだとつくづくと思い知らせてくれた人でした。

子供の頃は、箸の上げ下ろしにまで厳しい人でしたが、二十歳になったとき「これからは、自分の責任で行動しなさい」と言ったきり、私の生活態度には一切干渉しなくなりました。ただ、大晦日にスキーから帰ってきて、疲れ果ててコタツで寝ていたら「遊んで帰ってきて、疲れたとは絶対に言うな」と、ひどく叱られたことを覚えています。それ以来、私は母となった今も、その教えはしっかりと守り、娘達に受け継いでいっています。

尊敬出来る父の娘で良かったと思うと同時に、孫の顔を見ることができる年齢になった夫と二人、老後に向かってひた走っている今、娘達から「お手本は両親」と言ってもらえるような生き方をしていこう、と思う今日この頃です。

うんざりね
密室政治の
永田町
純ちゃん旋風
神風吹かず

「うんざりね」「情けないわね」この頃、家族、友人達と話をするたびに出てくるセリフです。新聞を読み、テレビを見るたびに「いったい、この国の未来はどうなるのだろう」と溜息交じりに、呟いてしまいます。

失礼ながら、残りの人生のあまりない老政治家達が、今さら、自分の損得勘定など考えずに、死後に残る名声を取ったほうが、残された家族にとってどれほど誇らしいことかを良くお考えになったらと、余計なお節介を言いたくなります。

以前、マスコミ・全国民の耳目を集めた、外務大臣VS外務省官僚アンド一代議士の大バトルが連日、繰り広げられていましたが、若者やおばさん達までが、政治に関心を持つようになったのは事実ですから、その点では、この内閣は評価出来る点です。でも、政治が〝政りごと〟と言われた大昔から、汚職や腐敗はあったことだし、全世界的にも政治家の堕落が叫ばれている昨今、何も驚くにはあたらないことかもしれませんね。

そこで、ワイドショー内閣と言われる現政権を、私もワイドショー的にイニシャルトークで皮肉ってみたいと思います。注（ ）内はイニシャルを使ってエールまたはバッシングをしてみました。まずは、外務大臣を更迭されたT・M嬢（大義名分、巻き返せ）は、外務省の腐敗を糾弾して志し半ばで倒れたけれど、無知な国民に真実を知らしめた功績は大で、二重マル。でも、人格的には努力を要す。

今回、一番の悪役S・M氏（ちょっと口には出来ない卑猥な響きなので、書くのはやめておきましょう）は、話せば話すほどボロが出て、今に口で滅びると思うのではと思っていたら、本当に逮捕されてしまったのには、ただただびっくりいたしました。

お次は抵抗勢力の筆頭、ポマードテカテカH・R氏（敗者復活狙って竜頭蛇尾になりませぬよう、お祈り申し上げます。国民をなめんなよ！）の、あのいんぎん無礼な話し方は何とかなりませんかね。聞いているだけで「この人ワル！」と思えて仕方がないのは、私だけでしょうか？

そして、抵抗勢力の二番手は、顔も悪けりゃ性格も悪そうなN・H氏（ノックアウトしたいけれども、一筋縄ではいかないね）は、もう少しテレビ映りを気にされたほうがお為と思いますが、いかがなものか？

その他、数え切れぬほどの有象無象の輩が闊歩するこの政界で、一陣の風のごとく現われ「この人ならば、何とかしてくれるかもしれない」と期待した、面食いの私好みのK・J総理（ここ一番、ジャンプ一発失速するな）には、何としてでも構造改革を果たしてほしいと思うのですが、政界という化物を相手では、勝ち目はないのでしょうか。政治に興味を持てば持つほど、無力感を感じているのは私だけではないはずです。

神風特攻隊の精神で、クーデターを起こすくらい気概のある若者は、この国にはいなくなってしまったのでしょうか。一億総国民VS抵抗勢力ならば、必ず勝てるのに。そして、この国の政治を預けても良いのはK・J総理しか、もういないのです。今、信念の下、抵抗勢力を蹴散らし、改革を推し進めれば必ず、神風が吹いてくれると、もう一度夢を見させてほしいと思います。

判らない
ホントの背丈と
素の顔が
上げ底ブーツと
ガングロ・茶髪

少し前まで、本当に上げ底ブーツとガングロ（顔をかなり濃い色のファンデーションを塗って、目の回りを殴られたのか思うようなアイシャドーで縁取った、国籍不明の化粧法）と、茶髪どころか、白髪あり金髪ありの若い女の子の姿を、街でよく見かけました。今では、少しは品が良くなったかなと思うけれど、やっぱりオバサンには、理解不能の異邦人に見えるファッションが目に付きます。素の顔は、若くてかわいいのでしょうに、制服を着て、マニキュア・化粧に命を懸けている女の子達を見ていると、何だか生き急いでいるようで、もっとゆっくり大人になっていけばいいのにと、淋しくなります。

二〇〇二年、世界はソルトレークシティー冬季オリンピックに湧きました。日本選手の活躍があまりなかったのが少々残念でしたが、スポーツに青春を懸けている若者達の笑顔や涙を見ていると、化粧をしていなくても、男勝りな体型でも、輝いて見えるのは何故でしょう。

仲間と一緒にいても、それぞれが携帯電話を手に持ち、見えない相手としゃべり、メールを打つ若者達の瞳は輝いていないどころか、能面のような人間味のない表情なのに気付いていますか？　可能性を秘めた青春なのだから、思いっきり大きな夢や希望を持ったら、もっともっと素敵な人との出会いや、素敵なことと巡り会えるはずです。

今、若者達の間で教祖的な存在だという、若手歌手のH・A（またまた、イニシャルトークです）が、雑誌のインタビュー記事で「夢とか希望はない。今が良ければ良い」というような内容の発言をしていたのを、読んだことがあります。こんな若造に、こんな発言をさせて、それをマスコミがチヤホヤと取り上げて、本当にこの国は、そして大人は、これで良いのかと情けなさを通り越して、腹が立ってきます。A流ファッションを取り上げていた週刊誌には〝センスが良いのか、悪いのか判らない〟と書いてあったのには失笑してしまいました。

上げ底ブーツや、ガングロや茶髪は所詮、虚像だということ、素に勝るものはないということに早く気付いて、人真似ではなく、自分の個性を大事にしてほしいと思うのです。〝時は金なり〟です。平凡な主婦で終わりそうなオバサンからの、自分の体験から来るアドバイスです。

我が家には
無縁の文字が
二つ有り
失楽園と
援助交際

私は、今のこの節操のない時代が大嫌いです。どうして、ここまで日本が節操のない国になってしまったのか、不思議で仕方がありません。行儀の悪い若者達（特に女の子が、とてもひどくなっているような気がしてなりません）、自分の子供すら満足に育てられない若い親達、物事を損得勘定でしか考えられない大人達、自分の健康のことしか考えず、若者に説教の出来ない老人達……ここまでひどい時代にしてしまったのは、いったい誰なのでしょうか。

私が小学生の頃は、日本はまだ今ほど豊かではなく、教育熱もほどほどでした。でも、登校拒否児など一人もいなかったし、円周率もきちんと計算出来ました。私達のクラスは二年生から六年生まで一度もクラス替えがなかったのですが、クラスメイトの一人に知的障害のある男子がいました。でも、誰一人その男子をいじめることもなく、弟のようにかわいがり、面倒を見ていました。ある日、担任の先生から彼が、手に職を付けるために養護学校に行くと聞かされました。私達は、何とか一緒に卒業出来ないものかと、先生に談判しましたが、彼にとってはそのほうが幸せなのだ、という先生の一言に泣きながら拍手で見送りました。子供達の心も、ゆとりと優しさに満ちていたのだと思います。

実家は商売をしていましたので、母はとても忙しかったと思いますが、私達兄弟が学校から帰る時間と、夕食の時間には必ずいてくれましたし、食後は皆の鉛筆をきれいに削りながら、その日あった出来事を私達の目を見ながら聞いてくれました。きっと親達の心も、子供への愛で満ちていたのでしょう。そんな優しさに満ち溢れた時代に、また戻れるのでしょうか。

今の子供達は、文部省からわざわざプレゼントされた、週休二日という〝ゆとりの教育〟をどのように使うのでしょう。週休二日のツケが、ただでさえ、学力低下の叫ばれる今日、どのような形で来るのか考えただけでもゾッとする事態になるのは、容易に想像出来るはずです。だからせめて、これから子育てをする若い親達は、一先ず自分達の楽しみは二の次にして、真剣に子供に目を向けて、精一杯の愛情を注いでほしいと思います。そして、機械万能・情報過多のこの時代からせめて、我が子だけは守ってほしいのです。失楽園も援助交際もなく、一先ず無事に子育てを終えた私から、このひどい世の中に喝！

学級の
崩壊進み
子供らに
しつけの出来ぬ
親ばかり増え

近頃、ファミリーレストランやスーパーで、幼い子供連れの母親をよく見かけますが、子供達のうるささ、躾《しつけ》のなさがとても目に付きます。例えば、ファミリーレストランでは、若い茶髪の母親が昼間からビールを飲み、おしゃべりに夢中で子供達の傍若無人な振る舞いに気が付かないのか、はたまた、気が付かないふりをしているのか……はたの迷惑などお構いなしです。お店の人が注意すると「ホラホラ。おばさんに叱られるからやめなさい！」と言うに至っては、いくら温厚を自認する私でも、さすがに「バカモノ！　自分の子供くらい自分で責任を持って躾をしてから来やがれ！」などど、胸の中で怒鳴ってしまうのです。でも、面と向かって説教出来ない自分の不甲斐なさが情けなくなります。

昔は、町内の怖いオジサン、オバサンが目を光らせていて、我が子も他人も悪いことをすれば、叱りつけられたものです。親も近所の人の目があるので、きちんと挨拶をする、変な服装はしない、後ろ指をさされるような行動は慎むことなどを子供に言って聞かせたものでした。そういう日常の些細な事柄から子供達は、して良いことと悪いことのけじめを肌で感じ、それが躾につながっていったのだと思います。

今では、中学生、高校生が制服姿で平気でタバコを吸い、人目を憚《はばか》らずにイチャついているカップルがいて、目のやり場に困るほどです。街中に、自分勝手で優しさのかけらもない雰囲気が満ち溢れていて、驚くような悲惨な大事件にも麻痺してしまった日本人の心の行きつくところは、いったいどこなのでしょうか？　学校に行けなくなってしまった子供達、週休二日制になる学校、余暇を塾に押し付ける教師達……みんな自分の責任を放棄して、何でも人のせいにする人達ばかりです。不登校の子供を甘やかす社会、週休二日のゆとりなど全く必要のない、エネルギーに満ち溢れている子供達を見ていると、今の日本の教育を、もう一度見つめ直す必要性をつくづくと感じます。

大人がレールを引いてやる時代は、そろそろ終わりにして、子供達が自分の頭で考え、自分の足で歩いていける力をつけてやるのが、私達戦後生まれのバブルを崩壊させた世代に課せられた責任ではないでしょうか。本当に、本当にオバサンは今の世を憂えています。

権力と
いう名の虎の
威を借りて
物言う輩
増えて哀しき

こういうことは、いつの世にもあったことでしょうけれど、最近、巷を賑わせている一代議士と多省庁のダーティーな関係には、ア然・ボウ然・ブ然としてしまいます。元外務大臣との確執が表面化してから、凄まじいほどのスキャンダルが、これでもかというくらいマスコミを通じて私達国民の耳に入ってくるに至っては、開いた口がふさがらないというものです。

でも、こういう不祥事が発覚するたびに思うことですが、どうしてこんな大事になるまで、見て見ぬふりをしたり、追及したり告発したりしなかったのか、ということです。途中で揉み消されることも多かったのでしょうが、今、野党が多くの情報を握っていることを考えると、大騒動になって初めて追及の手を強めているように思えます。尻馬に乗って、単なるパフォーマンスで終わらないことを願うばかりです。

日本人の国民性というのは、どうも権力に弱いように思います。例えば、政治家・弁護士・医者・役人などは、一種、特権階級のように、本人達も勘違いをしているフシがあるし、私達もそういう人達を総称してエリートと呼んでいるような気がします。自分の息子・娘がそういう職業に就いてくれたらと期待する気持ちが、子育て中には必ずあると思います。それが、人間の本質とは全く関係のないことだということに、気が付かないのです。権力とは「高い地位にあって、他の人々を服従させ、支配する力」と辞書にありました。まやかしの権力に群がってくる輩にとって、支配力を失ったボスは、もう用無しなのです。用無しどころか、関係の露呈を恐れて、冷酷にも切り捨ててしまうものなのです。そんなことは今までの歴史上で、どれほど繰り返されてきたか、よくご承知のはずの頭の良いお歴々が、一つのつまずきから二度と日の当たる場所に出られなくなることに、気が付かないのかと首を傾げたくなります。

次に私が嫌いな職業は、いんぎん無礼な医者です。特に大学病院の医者ほど、権威を笠に着ているような気がしてなりません。今、姑が通院しているのですが、私が検査の結果を聞きに行ったとき「ああ、この医者は患者の立場に立てない人だな」と直感でわかりました。まず、人の目を見て話さないのです。患者側は、不安や疑問を感じているのですから、せめて目を見て、理解力が衰えているお年寄りにも優しく説明してくれたら、少しは気が楽になると思うのですが、偉そうな口ぶりや、一見、丁寧そうでいながら誠意の感じられない対応ぶりを見ていると、こんな医者に生命を預けられないと思ってしまいます。

現代医学に身を委ねる以上、患者も今までのように受身ではなく、不信を感じたらセカンド・オピニオン、サード・オピニオンにも、意見を聞く姿勢を持ったほうが良いのでしょう。それには、病院が「白い巨塔」ではなく、寛容な気持ちで情報の提供をしてくれることだと思います。医者が誤った権力の意識を捨て去らない限り、薬害エイズのような悲惨な事件がいつかまた、必ず起こりうることを危惧しているのは私だけではないと思います。現代医学全盛のこの時代に、人間の本来持っている自然治癒力が、だんだんと失われていってしまうのではないかと心配になります。

だから私は〝脱薬〟宣言をしてから久しいのですが、至って健康です。〝病は気から〟とことわざにもあるように、マイナス志向だと必ず病を呼び込んでしまうと思うので〝お気楽・ノー天気〟と参りましょう。

若者に
伝えていきたい
人の和と
熱き心と
足るを知る道

先日、テレビで探検家で医師の関野吉晴さんの、人類四百万年の足跡を人力でさかのぼる「グレートジャーニー・ＦＩＮＡＬ」を見ました。一九九三年暮れに、南米最南端チリ・ナバリーノ島から始まり、今年二月、人類最古の足跡が残るアフリカ・タンザニアのラエトリで十年、五万キロメートルに及ぶ旅のゴールを迎えるまでのドキュメンタリーです。

私は、いつまでも少年のような心と、好奇心に溢れた〝冒険野郎〟が大好きで、男に生まれていたら、そんな人生を送ってみたかったという思いで、毎回楽しみにしておりました。今回が、その偉業のファイナルだと思うと、惜しみない拍手と共に、まるで自分自身がこの過酷な旅にチャレンジしてきたような感慨と、一抹の淋しさが胸をよぎりました。

今回は、中央アフリカ・カザフスタン・イラン・中東・アフリカ大陸を自転車、カヌー、ラクダと文明の利器を一切否定し、自分の力のみで踏破したその精神力には、ただ感服して「不言実行」という言葉が思い浮かびました。今回の旅は、文明の及ばない未開の地ばかりでしたが、そこには今、文明国が忘れ去ってしまった自然の美しさと厳しさ、そして何より、人が人を必要とし、大切に思う優しさが、どの場面にも満ち溢れていました。一番感動したのは、カザフスタンの十二歳の少女だったと思いますが、両親が出稼ぎに行っている三ヵ月間、幼い弟妹を一人で面倒を見ている姿でした。お腹を空かせた弟妹達に食事を作ってやり、食べている間、鍋の前でじっと見ている姉……。何故、一緒に食べないのだろうかと思っていたら、弟妹達がお代わりをするのを待って、残ったら自分が食べるのだというのです。それが十二歳の子供のしていることだと思うと、あまりのけなげさに涙が出そうになりました。お正月に両親が帰ってきて、母親のお給仕で弟妹達と一緒に食事を取る姉のはにかんだ笑顔が、抱きしめたくなるほど愛しく思えました。

そんな感動的な映像の後で、日本のニュースを見ていたら、高校二年生の男子が、同級生の女子を別れ話のもつれから殺害して、山中に埋めたと報じていました。この国は確実に、おかしな方向に向かっていると思わざるを得ません。ちょっと前まで、大人の話だった痴話喧嘩の結末のような事件が、低年齢化していることに情けなくなります。何故、若者達は生き急ぐのでしょうか。ゆっくりと着実に、一歩一歩大人になっていけば良いのに、有り余る情報に子供達が毒されていると思えて仕方がありません。情報のタレ流しが、子供達を悪くしているとしたら、発信源の責任なのですから、もう少し品性を持って子供達を良い方向に導いていくのが、私達大人の責任なのだと痛切に感じます。

若者達が、人と人とのつながりを大事に思い、人の命を大事に思える社会を作っていくには、今の日本に何が必要なのでしょうか？　年相応の青春を送り、未来への夢や希望を熱い心で語れる若者を育てるには、どうしたら良いのでしょうか？　世紀末的な様相を呈し始めたこの国を、もう一度再生させるために、私達大人が真剣に考え、最初の一歩を踏み出さなければと思う、今日この頃です。

関野さんが、今回の旅の最後につぶやいた言葉は「足るを知る」でした。豊かさと引き換えに、物事の本質を見失ってしまった私達に対する、警鐘に思えて仕方がないのです。そして、富や名声や権力よりも、もっと大切なもの……それは〝人の心〟だということを教えてくれた〝グレートジャーニー（偉大な旅）〟でした。

あとがき

無名で平凡だけれども書くことだけは大好きな私が、「二作目はまだ？」の嬉しいエールを支えに『おばさんのひとりごと』を書き上げました。

前作の『煮物記念日』から五年の歳月が流れ、家族にも大きな変化があり、確実に自分が歳を取っていくことを実感している今日この頃です。

そして老後という逃れようのない現実としっかり向き合って悔いのない人生を送りたいと望んでいます。

歳を取ることを恐れずに、どのようなときにも熱き心を忘れずに、そして巡り合った人々との縁を大切にして過ごしていきたいと思っております。

前作から応援してくださった方々、「書いたら」と背中を押してくれた家族、そして私達夫婦を祖父母にしてくれた初孫の聡大に感謝をこめて、この本を贈ります。

二〇〇二年八月　暑い夏です

桜井真理子

【参考文献】

『サラダ記念日』俵万智／河出書房新社
『生きるお手本』婦人画報社
『雨の日には……』相田みつを／文化出版局
『しあわせは いつも』相田みつを／文化出版局

Profile

桜井 真理子（さくらい まりこ）
1948年東京都生まれ。
平凡な主婦の日常生活の喜びや嘆きを語り口調の短歌で表現することによって、同年代の主婦から共感を得ている。
著書に『煮物記念日』日本図書刊行会発行（1997年）がある。

おばさんのひとりごと

2002年 10月15日　初版第1刷発行

著　者　桜井 真理子
発行者　瓜谷 綱延
発行所　株式会社 文芸社
〒160-0022　東京都新宿区新宿1-10-1
電話　03-5369-3060（編集）
03-5369-2299（販売）
振替　00190-8-728265
印刷所　株式会社 フクイン

ISBN4-8355-4613-X　C0095